SATIRE

CONTRE LE VICE.

SATIRE
CONTRE LE VICE,

OU

TABLEAUX SATIRIQUES ET ÉPISODIQUES

DE MOEURS,

AU COMMENCEMENT DU XIXᵉ. SIÈCLE;

SUIVIE DE

LONDRES,

POËME TRADUIT DE L'ANGLAIS,

DU DOCTEUR

SAMUEL JOHNSON;

PAR HUGUE-NELSON C***.

Facit indignatio versum.
JUV.

A PARIS,

CHEZ CRETTÉ, Libraire, rue Saint-Martin, N°. 98.

1808.

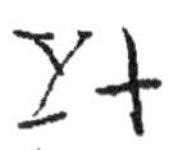

L'auteur de ces Satires, à peine âgé de vingt ans, réclame l'indulgence de ses lecteurs, en raison dé la pureté des motifs qui ont guidé sa plume.

SATIRE

CONTRE LE VICE,

OU

TABLEAUX SATIRIQUES

AU COMMENCEMENT

DU XIX^c. SIÈCLE.

Apostrophe au vice en général. — Philosophes du jour. — Tartufes de mœurs. — Délicatesse hypocrite des femmes d'aujourd'hui, servant de voile à une dissolution effrénée. — Livres dangereux qui, sous l'apparence de la morale et de la vertu, cachent un poison corrupteur. — Horrible connivence de quelques époux. — Enfans prostitués. — Mariages à la mode; suites funestes de ces mariages. — Peinture d'une scène dans un lieu de débauche. — Invitation à la vertu.

Pareil à ces géans * dont l'énorme stature,
Chaque année accroissait sa difforme structure,

* Othus et Éphialte : c'étaient deux frères dont la taille démesurée et gigantesque n'était jamais à son période, puisque, tous les mois, ils croissaient d'une coudée. Ils servirent dans la révolte des Titans contre les Dieux ; on les appelait Aloïdes, du nom d'Aloüs, leur

Le vice !.... vil enfant de Plutus et de l'or,
Le vice est à son comble !.... il s'agrandit encor !
Du Dante si j'avais la touche ténébreuse,
Je voudrais l'arracher à sa retraite affreuse ;
Armé d'un fouet d'airain, le meurtrir, l'accabler,
Le produire aux mortels, et les faire trembler ;
Pénétrer avec eux dans ces obscurs repaires,
Tout pavés de serpens, de sifflantes vipères ;
Démasquer hardiment ses monstrueux portraits,
N'en faire qu'esquisser les plus horribles traits :
Le peignant tel qu'il est, si j'y mettais les ombres,
On croirait voir l'Érèbe, et ces rivages sombres
Où Sisyphe en fureur, qu'on frémit d'approcher,
Roule éternellement l'immuable rocher ;
Où le pâle Ixion, les noires Danaïdes
Ne pourront expier leurs nombreux homicides.
De ses propres tableaux ma Muse s'effraîrait,
Je perdrais mon courage, et mon bras faiblirait ;
Ciel ! ma langue épaissie en ma bouche oppressée,
N'interprèterait plus ma brûlante pensée,
Du vice n'osant plus, dans mes saintes fureurs,
Graver en traits de feu les plus sombres couleurs.
— Quittez, dira quelqu'un, ce ton d'énergumène ;
Que la droite raison au bon sens vous ramène,

père putatif, quoiqu'ils fussent enfans de Neptune et d'Iphimédie,
épouse d'Aloüs. Cet abus aussi dérisoire qu'injuste est apparemment
irrémédiable, puisque, depuis les tems héroïques jusqu'à nous, il est
devenu plus fréquent que jamais. Au reste, je n'ai pas cru pouvoir
mieux comparer les progressions effrayantes du vice, qu'à ces deux
redoutables frères.

Et ne blasphémez pas un siècle aussi vanté
Pour les arts, et surtout pour son humanité.
—J'ai grand tort, il est vrai, plus d'un Français nous chante
En préceptes *touchans*, l'humanité *touchante*;
Ses vœux sont impuissans, ses cris sont superflus,
Et depuis qu'on la prêche on ne la connaît plus.
Ce siècle d'analyse, appréciant les causes,
Approfondit les mots, et glisse sur les choses;
Nous sommes inondés de tartufes de mœurs;
La vertu, sans retour, a déserté nos cœurs;
Sur nos lèvres errante, elle n'a plus de temple;
Je vais vous en citer un effrayant exemple :
« Un *sage* passe, un pauvre implore un peu de pain;
» Sans *voir*, le sage *pense*, et poursuit son chemin :
» Le malheureux en pleurs, accablé de misère,
» Renouvelle en tremblant sa timide prière.....
» Retire-toi, coquin, dit le sage irrité.
» *Je chante tes bienfaits, ô tendre Humanité!* »

Voyez l'hypocrisie au sein de la licence,
Et le vice rougir auprès de l'innocence,
Quand des traits empruntés de son masque trompeur,
Il montre avec orgueil le vernis imposteur.
O tems! ô siècle! ô mœurs! ô vertus sans pareilles!
Où la chaste pudeur peut blesser les oreilles,
Où la naïve Agnès, qui ne s'en doute pas,
Fait rougir Messaline, au milieu d'un repas;
Ce dragon de vertu, dans sa pudique honte,
S'agite en tous les sens..... son effroi le surmonte;

Il se lève, s'assied, annonce aux auditeurs
Ses attaques de nerfs, ses spasmes, ses vapeurs;
D'un équivoque mot, ô puissance soudaine !
Messaline est sans voix, sans poulx et sans haleine;
Elle est près d'expirer. — Que le sel volatil
Vienne la rendre au jour par son effet subtil.
D'un mobile éventail se cachant le visage,
Afin de prendre l'air elle ouvre son corsage,
Jette mouchoir et schall, étale aux spectateurs.....
Un sein sur qui l'Amour a gravé ses fureurs !!!...

Grimaces de sagesse, en vain je vous déplore,
Du fard de la vertu le vice se colore;
Mais on peut aisément reconnaître ses traits :
La sincère vertu n'exagère jamais.
De la douce innocence, insipide copiste,
Plus qu'un autre, souvent, le vice est rigoriste.
Bélise, qui des bals veut faire le procès,
Se livre, sans mesure, aux plus honteux excès.
Le seul nom de l'Amour met Lucrèce en colère;
Mais quand on la viole, on est sûr de lui plaire.
— Lisez-vous Rabelais ? — Fi ! cet auteur gaulois,
Obscène, trivial, grossier tout à la fois !
On préfère celui qui, fuyant le scandale,
Nous prêche, avec décence, une affreuse morale,
Qui, n'appelant jamais rien par son propre nom,
Inculque, avec des fleurs, un rapide poison.
D'une excellente chose, abus insalutaire,
L'écorce est lisse, unie, et la séve est amère;

C'est le fruit du tropique, en nos champs transplanté,
Qui, flattant notre goût, détruit notre santé.
Pudique libertin, sa plume chaste et pure,
Ensemble unit toujours l'amour et la nature.
Secret pernicieux ! du lait pur et du miel,
Sa main peut donc extraire un trop dangereux fiel ?
Son livre a tout pour lui : la forme et l'apparence,
Pas un mot dont se puisse alarmer la décence;
Hormis l'ouvrage, enfin, l'on n'y saurait trouver
Une phrase, une ligne, un mot à réprouver;
Et son style perfide, en charmant sa victime,
La descend, par degrés, dans les goufres du crime.
Telle, pour nous séduire et subjuguer nos sens,
La Syrène, avec art, module ses accens;
Tel un serpent caché par les feuilles écloses,
Nous darde son venin sous des groupes de roses,
Sous le mancenilier, tel un homme s'endort;
Et, des bras du sommeil, passe aux bras de la mort.

Voyez-vous cet époux astucieux, infâme,
Entremetteur secret, Mercure de sa femme ?
Ce trop coupable époux d'une vile moitié,
De chimère traitant les vertus, l'amitié,
Sacrifia l'honneur à l'intérêt avide;
Des appas de sa femme, oui, ce fermier sordide
Spécula sur l'opprobre; et ce trafic honteux,
Les couvrant de mépris, les couvrit d'or tous deux.
Avec art, son épouse imite la décence;
Lui de la probité possède l'apparence.

Sous leurs piéges unis, qui n'aurait succombé?
Dans leurs perfides lacs un jeune homme tombé,
Par cet époux surpris (aux accens de sa rage),
Crut outrager celui qui mendia l'outrage;
Il croit avoir séduit, il croit avoir trompé,
Et tandis que lui seul est lâchement dupé,
Le couple criminel, se livrant à la joie,
D'embûches environne une crédule proie.

Que le vice corrompt et déprave le cœur!
O puissance de l'or! ô pouvoir suborneur!
La vieillesse épuisée, impuissante et débile,
La vieillesse est enfant, et l'enfance nubile.
Hâtés par la débauche, adultes à douze ans,
Par le vice mûris, tous ces virils enfans,
D'un lubrique vieillard victimes déplorables,
Sont voués, consacrés à ces feux exécrables
Que d'informes appas allument dans son sein;
Sous le profane effort d'une cruelle main,
Du tems et des saisons franchissant l'intervalle,
Malgré soi, déployant sa forme végétale,
Tel un jeune bouton, qui n'est pas encor fleur,
S'épanouit de force, et s'ouvre avec douleur.

Épuisé des excès d'un long libertinage;
Flétri par ces excès bien plus que par son âge,
Damis existe, en proie aux maux les plus cuisans;
Sa précoce vieillesse a devancé les ans.
Quelle vieillesse impure! ô destin déplorable!
Loin de paraître, à l'homme, auguste, vénérable,

De revêtir son front d'un signe révéré,
Qui, par son ascendant immuable et sacré,
Imprimât sur ce front un noble caractèe,
Par ces traits imposans et cette grâce austère,
Fruits des mâles vertus, de l'inflexible honneur ;
Déposant contre lui, divulguant l'impudeur,
Ses cheveux blanchissans, ses rides font sa honte.
Chaque regard l'accuse ; en vain il les affronte,
La luxure effrénée a, d'un affreux burin,
Proclamé son opprobre à tout le genre humain.
Damis est tourmenté par la douleur aiguë ;
Un poison dévorant le déchire et le tue ;
Et son corps décharné, sur ses genoux tremblans,
Avec peine traîné par ses pieds chancelans,
Dont les ressorts usés sont prêts à se détendre,
Ne pouvant se mouvoir, au tombeau va descendre.
De l'art des médecins implorant le secours,
A cet art bienfaisant il veut avoir recours ;
Alors, en sa faveur espérant un miracle ,
D'un moderne Esculape il évoque l'oracle ;
Le Docteur lui répond : Tu cherches la santé ?
Qu'admise dans ta couche une jeune beauté
De ton sang corrompu régénère la source ;
Hygie a prononcé, c'est ta seule ressource.
Charmé d'une ordonnance analogue à ses goûts,
Damis enfin se livre à l'espoir le plus doux.
Sera-ce donc parmi ces femmes déhontées,
D'une infâme Vénus prêtresses effrontées,
Qu'il ira chercher ?.... Non : un parjure serment,
Sous le voile sacré d'un pieux sacrement,

Va le rendre l'époux de la charmante Elvire,
Et du joug d'hyménée il subira l'empire.
En elle il a cru voir cet objet enchanteur,
Cet objet séduisant dont parlait le Docteur;
Ne pouvant espérer d'en faire sa maîtresse,
A son avare père, à lui seul, il s'adresse.
Ailleurs, lui répond-il, je me suis engagé.
Damis fait voir de l'or; l'or a tout arrangé.
Pour cet époux, Elvire en vain montre sa haine,
Quand Plutus a parlé, toute éloquence est vaine.
Ce plaisir, que son cœur embrassait sans espoir;
Qu'il n'osait deviner, qu'il n'osait entrevoir;
Tous ces vagues desirs, incertaine espérance,
Que ressent une vierge au sortir de l'enfance,
Lorsque son sein frémit de pudeur et d'amour,
Tout s'est évanoui pour elle sans retour.
D'un infâme Satyre en devenant la proie,
Elle perd sa gaîté, son innocente joie.
Tel un lys qu'on transplante, à son sol arraché,
Se flétrit, fane, tombe, et languit desséché.
Et cet amant discret, autant qu'elle timide,
Qui lisait le bonheur en sa paupière humide,
Dont les parens d'Elvire encourageaient les vœux,
On lui défend sa porte, au moment où ses feux
Allaient voir couronner une longue constance.
Souvent il respecta la modeste innocence
Qui se livrait à lui dans sa sécurité,
Quand sous un frais ombrage, assise à son côté,
Près de son bien-aimé, la confiante Elvire,
Ignorante, allumait l'impétueux délire;

Et que, pour réprimer les élans du desir,
Il n'osait la toucher de peur de la flétrir.
Alors il s'enfonçait dans l'ombre du boccage,
Et fuyait une vierge à la fleur de son âge ;
Chérissant la vertu bien plus que sa beauté,
Que de droits il avait à la félicité !
Mais un peu d'or l'emporte : à ses bras arrachée,
Son amante, à la nef, de guirlandes jonchée,
S'avance, l'œil en pleurs, et devant l'éternel,
Prononce en pâlissant le serment solennel.
Les cheveux en désordre, épuisée et souffrante,
Victime résignée, affaiblie et mourante,
O triste destinée ! ô déplorable sort !
On l'enchaîne, vivante, au cadavre d'un mort.
Cette indigne union retrace avec puissance
Le monstrueux supplice inventé par Mézence :
Elvire tâche, en vain   d'oublier son amant ;
En vain sa bouche, hélas ! pour cacher son tourment,
S'efforce de sourire et s'interdit les plaintes.
Du vice qu'elle ignore éprouvant les atteintes,
Sur son front virginal, de honteuses rougeurs
Révèlent d'un époux les premières ardeurs ;
Tristes fruits du dégoût, des pleurs, de la souffrance,
D'un virus destructeur frappés dès leur naissance,
Ses malheureux enfans, dans leur fleur desséchés,
S'éveillent à la vie ; et des cris arrachés
Par les élans aigus d'une douleur amère,
Paraissent exécrer et maudire une mère !
Elle est épouse et mère, et ces titres chéris
La rendent un objet de haine et de mépris.

Vers ces parvis impurs, ces immondes portiques,
Où Laïs vient souffler ses rages impudiques,
Jeune homme vertueux, tremble de t'arrêter;
Fuis sa lubrique haleine, elle va t'infester.
Peut-être, en ce moment, le crime et son complice,
Au sortir de ses bras sont conduits au supplice;
Tels seraient les rivaux qui t'auraient précédés,
Tels seraient les rivaux qui t'auraient succédés.
Egaré dans la nuit, et fuyant la tempête,
Et la foudre tonnant sur sa coupable tête,
Un monstre, un scélérat, flegmatique assassin,
Vient vomir ses remords sur son infâme sein;
Vers elle anéantir leur trop juste torture.
Ses féroces plaisirs font pâlir la nature;
Sa bouche convulsive, et ses deux bras sanglans,
En fureur, ont pressé ses charmes dégoûtans.
Contemplez avec moi ces étreintes affreuses;
Sur un même chevet, ces deux têtes hideuses,
Le sourire infernal de leurs traits contractés,
Leur délire, leurs cris, poignantes voluptés,
Leurs effrayans transports, leur bouche qui blasphème,
C'est l'horrible union du crime avec lui-même!
Ils sont réduits, du vice implorant le poison,
A la nécessité d'abrutir leur raison,
De perdre la mémoire et l'active pensée....
Hélas! chacun voudrait, dans sa rage insensée,
Dans son effroi mortel, pouvoir anéantir
Ces vestiges d'un Dieu qui va les engloutir.
Inutiles efforts, déplorable folie,
Ivres de vin, de sang, de luxure et de lie,

Ils voudraient acquérir, bravant le châtiment,
La triste fermeté de l'endurcissement.
Du glaive suspendu, la trop digne victime
Vient boire le léthé dans l'asile du crime,
Y chercher le repos.... y rencontrer la mort !
Dans ses bras, cependant, sa compagne s'endort.
Alors de ses forfaits il suppute le nombre ;
Il s'imagine, il craint, dans son délire sombre,
Que celle dont il sent encor battre le cœur,
N'aille le dénoncer à l'échafaud vengeur.
Il tire son poignard, et sa main frémissante
L'égare avec ivresse au sein de son amante.
Aux lueurs d'une torche, à sa pâle clarté,
Il foule en rugissant le corps ensanglanté,
L'égorge avec plaisir, le souille avec furie,
Et ne peut assouvir sa noire barbarie.
En vain ce corps fangeux, hideux, échevelé,
N'offre plus qu'un tronçon informe et mutilé.
Sa lascive fureur, effroi de la nature,
Au sein de la mort même éveille la luxure !....
Il accomplit enfin un forfait inoui ;
D'un crime plus qu'humain son cœur s'est réjoui.
De son corps aussitôt les muscles se roidissent ;
Sur son front pâlissant ses cheveux se hérissent ;
Le moindre bruit l'effraie.... Il voudrait s'écrier ;
Des sons rauques et sourds déchirent son gosier.
Mais à des feux mourans, à des clartés rapides,
Il voit se balancer des fantômes livides.
De spectres offusqué, son œil étincelant
Parcourt avec effroi son orbite sanglant ;

Il bondit de fureur, il écume de rage ;
Du cahos de ses sens il excite l'orage,
Et bientôt, inondé d'une froide sueur,
Il succombe accablé d'une morne stupeur.
Par un calme effrayant, enchaîné sur sa couche,
Le fiel, à gros bouillons, se gonfle dans sa bouche ;
Tout son cœur est en proie aux tourmens de l'enfer.
Le sommeil du coupable est un sommeil de fer :
Un songe le poursuit, le déchire, l'opprime....
Il s'éveille en sursaut.... et compte un nouveau crime !
Harrassé, haletant, par un dernier effort,
Il voudrait se détruire et terminer son sort.
Mais un bras vigoureux le saisit et l'entraîne ;
Dans un cachot fétide on le plonge, on l'enchaîne.
Ah ! si sa joue alors se sillonnait de pleurs,
Peut-être ils calmeraient ses cuisantes douleurs.
Mais une seule larme, en sa triste carrière,
N'a jamais humecté son aride paupière.
Le passé l'a perdu, l'avenir le poursuit ;
De son cœur ulcéré le repentir s'enfuit ;
Son sang coule, il expire, invoquant la souffrance,
Implorant le néant, son horrible espérance !

Jeune homme vertueux ! fuis l'abîme profond ;
Le repaire du vice est un goufre sans fond.
Qu'une innocente vie, une morale pure,
Provoque en toi l'amour de la belle nature.
Si par les passions ton sein est déchiré,
Si d'un feu trop brûlant ce sein est dévoré,

Ah ! pour tes jours, loin d'être un présent trop à craindre,
Sache les répartir et surtout les restreindre ;
Sur le grand , le sublime, excite leur ardeur ;
Elles seront pour toi le gage du bonheur.
Vers l'étude et les arts dirige cette flamme ;
Alors tu jouiras du calme heureux de l'âme.
Dans la sécurité d'un cœur comme le tien,
Ta seule passion sera celle du bien,
Et la mâle vertu , ta compagne chérie ,
A ton cœur transmettra cette voix qui te crie :
« Repousse loin de toi le germe des forfaits;
» Le crime enraciné ne s'extirpe jamais ! »

FIN.

AVERTISSEMENT.

Cette Satire est entièrement dans le goût de la prosopopée. L'auteur suppose qu'un personnage imaginaire, qu'il dit être son ami, se voit forcé de fuir Londres, pour éviter d'injustes persécutions qui l'ont dépouillé de sa fortune. Il commence par déplorer amèrement la perte de cet ami, et se plaindre des vexations qui en ont été cause ; ensuite, feignant qu'Ariste se trouve retardé dans son exil par le transport des débris de sa fortune, il le fait parler lui-même, à quelques lieues de Londres. Ariste découvre une partie de cette immense capitale ; indigné, il s'arrête, et termine par son apostrophe, la seconde partie de la Satire.

LONDRES,

POËME SATIRIQUE.

« . . . . Quis ineptæ
» Tam patiens urbis, tam ferreus ut teneat se?

J u v.

D I E U X ! Ariste trahi fuit un monde trompeur;
Sa trop cruelle absence a déchiré mon cœur.
De ma raison aigrie, ah! reprenons l'usage;
Je regrette l'ami, mais j'applaudis au sage;
Loin des vices de Londre, il court, épouvanté,
Respirer un air pur, pleurer en liberté;
Et fixé sans retour vers des bords solitaires,
En silence il se livre à ses vertus austères !....
Eh! qui voudrait changer, pour le Strand(*) somptueux,
L'Hibernie encor vierge et ses rochers affreux?

* Un des beaux quartiers de Londres.

Sur ces rochers, du moins, ignorant la mollesse,
Ceux qu'épargne la faim y meurent de vieillesse ;
Ici, vol, incendie, émeutes, trahisons,
Nous poursuivent la nuit jusques en nos maisons ;
Là, pour m'assassiner, j'entrevois des complices ;
J'échappe !.... un Procureur me ruine en épices.
Là, ce sont de vieux murs sur ma tête croulant ;
Plus loin, c'est un athée et son dogme effrayant.

Tandis qu'Ariste, à peine échappé du naufrage,
Rassemblait, en pleurant, les débris de l'orage,
Pensifs, nous admirions la Tamise, et ces bords
Que Greenwich embellit de ses rians abords ;
Saluant à genoux la terre consacrée,
La terre où prit naissance une reine * adorée,
Aimable illusion ! nous revoyions toujours
L'âge d'or d'Albion, sa gloire, ses beaux jours ;
Ses vaisseaux triomphans, effroi de l'Ibérie,
Protéger le commerce, enrichir la patrie,
Avant que la débauche et son feu corrupteur,
Dans le sein des Anglais n'eût desséché l'honneur.

L'innocence champêtre, ô sublime nature !
Des ulcères du cœur adoucit la torture :
Ariste l'éprouvait ; mais Ariste irrité
Apostrophe, en ces mots, l'impudique cité :

----

* La reine Élisabeth.

« Oh ! puisque le mérite, en ces palais de fange,
» N'est plus même payé d'une simple louange ;
» Puisqu'ici les beaux-arts, dans tes murs exécrés,
» D'un salaire banal sont eux-mêmes frustrés ;
» Quand chaque intant qui fuit accroît mon infortune ;
» Quand tout, jusqu'à l'espoir, m'accable et m'importune,
» Tant qu'un reste de sang jaillira de mon cœur,
» Je veux lever ma tête au-dessus du malheur.
» O ciel ! je te demande une place ignorée,
» Où la douce vertu soit encore honorée ;
» Quelque rive fleurie, où des feuillages frais
» Sur le vallon paisible étendent leurs attraits,
» Dont la tendre verdure et l'ondoyant ombrage
» N'aient jamais ressenti les fureurs de l'orage !
» O ciel ! accorde-moi cet asile écarté,
» Où mon plus sûr abri sera ma pauvreté.
» Laissons ce juge inique, accablé de mollesse,
» Condamner l'honnête homme, et blanchir la noblesse ;
» Pour le crime opulent, sa mercenaire voix
» Enchaîne sa patrie, et trafique des lois ;
» Qu'au poids de l'or il vende et la haine et l'injure ;
» Qu'à la face du ciel il profère un parjure !....
» Cet autre achète un nom et vingt châteaux entiers ;
» Pour bâtir vingt palais, ruine vingt quartiers ;
» De chanteurs mutilés il infeste la ville,
» Et de chansons il paie un public imbécille.
» Poursuivez vos hauts faits, poursuivez, grands héros,
» Et de votre pays, devenus les bourreaux,
» Possédez sans contrainte, ô sublime victoire !
» Notre vie et nos biens, nos noms et notre gloire.

Qu'un vampire acharné brave un ciel irrité,
Du sang public se gorge avec impunité;
Comment repousserais-je et la force et l'injure?
Moi qui frémis d'un vol et rougis d'un parjure;
Moi que l'on vit toujours, quand il chantait les grands,
Siffler du Lauréat * le plagiaire encens!
Moi que ne peut convaincre un ministre sophiste;
Moi qui m'endors aux sons d'un pesant journaliste;
Moi qui redoute un sot à l'égal de la mort;
Moi qui ne puis enfin rire aux bons mots d'un lord!

Sous de rians dehors, déguisant l'artifice,
Lowell peut dans un cœur insinuer le vice;
A la vierge parler un langage imposteur;
Lui ravir à la fois l'innocence et l'honneur;
Parvenir aux emplois; et moi, dont l'âme pure
Ignore les détours d'une lâche imposture,
Repoussé, méprisé comme un être flétri,
Je vis pauvre, inconnu, je mourrai sans abri.
—Voulez-vous plaire aux grands? offrez-leur des victimes;
On partage leur or en partageant leurs crimes.
—Moi! qu'un vil corrupteur m'offre en des monceaux d'or,
Tout ce qu'amasse Arnold ou que prodigue Astor!
Cet infâme présent, dites, le recevrais-je?
Ce que l'or n'obtient pas, pour de l'or le vendrais-je?
Vendrais-je mon repos, ma gloire, mon honneur,
L'estime de moi-même et la paix de mon cœur?

* Poète en titre de la cour.

Superbe métropole ! ô déplorable ville !
De fourbes, de fripons, inviolable asile,
Accueille avec ardeur les crimes, les travers,
La lie et le rebut de ce vaste univers ;
Singeant de vingt pays les modes, les caprices,
Dédaigne leurs vertus, mais rassemble leurs vices ;
Sois l'égoût général de Rome et de Paris,
Et le repaire affreux de coupables proscrits.

Sage Édouard ! des cieux, ta demeure chérie,
Des Saints et des Héros vois l'antique patrie ;
Hélas ! n'espère plus retrouver en nos cœurs
D'un peuple libre et fier les austères grandeurs.
Plongés dans les langueurs d'une indolente vie,
Aux plus grossiers penchans notre âme est asservie ;
Chacun déroge aux lois, aux mœurs de son état,
Le guerrier se transforme en petit-maître fat.

Oh ! que d'expatriés, échappés des supplices,
Dans nos murs important leurs brigues et leurs vices,
Leur tournure, leur air, leurs intrigues, leurs mœurs,
En vernissant l'esprit, endurcissent de cœurs !
Rampans, faux, enjoués, sémillans et frivoles,
Pour duper chaque jour nos milords bénévoles,
Même ils savent guérir, mais sans l'avoir appris,
Ces maux, funestes fruits des fureurs de Cypris.
Ils savent tout, de tout leur adresse trafique ;
Chanter, boire, danser, extraire un cosmétique.

Trop crédules Anglais ! ces vils et bas flatteurs,
Ces lâches complaisans, charlatans imposteurs,
Agens de vos plaisirs, entremetteurs infâmes,
Tarissent votre bourse et dessèchent vos âmes.
— Qu'au diable on les envoie ; oh ! pour faire plaisir,
Au diable, sur-le-champ, ils vont vîte courir. *

Germain, le parasite, est souple et versatile ;
Autant que son esprit, sa figure est mobile ;
Au sentiment du riche il sut toujours ployer ;
Empressé de lui plaire, il aime à s'employer ;
Il est poli, mielleux, et sa langue discrète
Prodigue à tout venant la flatteuse épithète,
Loue indistinctement : un tel a de l'honneur,
De l'esprit, du mérite autant que de valeur ;
Tout le monde est charmant, et chacun est aimable,
Quand Germain l'affamé peut se trouver à table.
Mais avouons-le, enfin, tous ces humbles flatteurs,
On ne le peut nier, sont d'excellens acteurs,
Et sans crainte ils pourraient paraître sur la scène :
Voyez-les prendre un sot pour patron et Mécène,
Répéter sa maxime, adopter ses discours ;
Et faisant de leur vie un rôle de long cours,
Applaudir, à grand bruit, à ses doctes bêtises,
Réfléchir sa figure ainsi que ses sottises,
Rire avant que par lui le bon mot soit lâché,
Pleurer quand il faut, et paraître touché,

---

* Expression triviale du texte pour peindre l'obéissance servile
des *lâches complaisans*. C'est une plante indigène que j'ai cru devoir
acclimater.

Et soit que le patron garde ou quitte la chambre,
Frissonner au mois d'août, transpirer en décembre.

L'ami de la vertu peut-il s'y maintenir,
Quand il voit de tels gens s'élever, parvenir,
Et de libertinage établir des écoles?
De la mode et du vice adorateurs frivoles,
A l'infâme débauche ériger un autel,
Prôner vos goûts affreux, dire : Mylord un tel
Se connaît en tabac aussi bien qu'en maîtresse ;
Il a mille Phrynés, et pas une Lucrèce,
Quand son corps délaissé par les feux des désirs,
Voudrait, à force d'art, éveiller les plaisirs.
Près du sexe, voyez comme sa contenance
Décèle élégamment son aimable indécence.
Oh! le charmant roué, l'homme unique, parfait,
Et qu'avec grâce il met sa main dans son gousset!
Follement enivré de cet encens futile,
Crésus, vain et superbe, opulent inutile,
Retiens! retiens cet or! Ce serpent imposteur
Se glisse à tes banquets, ensuite dans ton cœur
Y surprend tes secrets, insidieuse adresse :
Avec constance épie un moment de faiblesse,
Te plonge dans l'abîme!.... et malgré ton effroi,
Du pacte des méchans il s'enchaîne avec toi.
Dès-lors il est ton maître; il exige, il demande;
Dans ta propre maison, il menace ou commande;
De ta complicité met à profit l'effet,
Te montre l'échafaud, et t'ordonne un forfait....

Un forfait !.... de tous ceux qui ravagent la terre,
Le seul forfait ici, c'est l'affreuse misère.
Lâcheté plus qu'infâme, insultant à des pleurs,
L'on écrase celui qu'écrasent les malheurs ;
On est pauvre, il suffit, on vous jette la pierre.
Jouet infortuné d'une foule grossière,
Lorsque le crime heureux reste seul impuni,
Loin des vôtres errant, injustement banni,
Vous traînez en pleurant le fardeau de la vie.
L'humiliation, la honte et l'infamie
Sont les seuls compagnons de vos pas incertains.

Oh! si le ciel propice, en des pays lointains,
Réservait un asile en des antres sauvages,
Quelque rive inconnue à nos tristes rivages,
Quelque vaste désert, sous la voûte du ciel,
Où ne seraient empreints les pas d'aucun mortel,
Qu'avec joie, affrontant l'immensité des ondes,
Je livrerais aux vents mes voiles vagabondes,
Pour fuir les oppresseurs et leur joug détesté !
Partout on te confesse, ô triste vérité !
Sous le poids du malheur, le génie avec peine
Soulève le fardeau qui l'entrave et l'enchaîne.
La froide pauvreté comprime le talent ;
Mais c'est surtout ici qu'il perce lentement,
Que l'or est le seul dieu mobile de notre être. ...
Le valet, en détail, vend les grâces du maître :
Oui, tout s'achète ici, jusqu'aux moindres regards ;
L'homme pauvre s'y voit chassé de toutes parts.

Mais, qu'entends-je ? les cris d'une foule tremblante,
Pareils aux sourds éclats de la foudre tonnante,
En sons tumultueux frappent l'air agité,
Et grossissent les flots d'un peuple épouvanté.
Irus, qui reposait d'une pénible veille,
D'un songe consolant en sursaut se réveille ;
Il rêvait au bonheur.... il s'y croyait rendu....
Il souriait encore.... il tressaille éperdu ;
Il s'avance.... il recule.... Alors sa vue errante
Contemple en frémissant la flamme dévorante,
Qui lance vers les cieux ses livides lueurs.
Oh ! qui pourrait alors décrire ses douleurs !
Son modeste héritage, à l'incendie en proie,
Déjà sous les piliers éclate, crie et ploie ;
Meurtri, pâle, effrayé de ces longs craquemens,
Il s'enfuit en poussant d'horribles hurlemens.
A sa démence affreuse, évitant son approche,
Tous les cœurs sont fermés, tous les cœurs sont de roche ;
Sans rencontrer un homme, enfin las de souffrir,
Dans le fond des forêts il court s'ensevelir.
Cependant l'incendie, étendant ses ravages,
Du palais de Crassus assiége les étages,
Qui sur le sol bientôt succombant dispersés,
Vomissent en grondant leurs débris entassés.
La nouvelle circule, on court, on fend la presse :
Pour ce riche endurci tout un peuple s'empresse.
Vers le ciel, qu'à sa porte on implorait en vain,
Lorsqu'on lui demandait un seul morceau de pain,
On adresse pour lui de ferventes prières.
Le Lauréat vénal, dans ses chants mercenaires,

Fait voir que les vertus sont victimes du sort.
Chacun est embrasé d'un sublime transport ;
La souscription s'ouvre , et les âmes fidèles
Vont porter en tribut des offrandes nouvelles.
Par les odes du jour , les souscripteurs fêtés ,
Sur Crassus font pleuvoir les dons de tous côtés.
De l'or qu'on lui mendie, ô soudaine puissance !
D'un moderne palais il fonde l'espérance :
La corniche parcourt l'édifice léger ;
Le balcon, au-dessus, court vîte se ranger ;
Le dôme ouvre , arrondit sa coupole opulente ;
Le pilastre élancé se couronne d'acanthe.
Par ce luxe effréné dégradant les bienfaits ,
Crassus, avec orgueil, contemple son palais ;
Plus riche que jamais, il n'eût osé prétendre :
C'est un phénix nouveau qui renaît de sa cendre.
L'azur, le jaspe, l'or, brillent de toutes parts,
Et ne peuvent lasser ses avides regards ;
D'un nouvel incendie implorant les ravages ,
Crassus bénit les cieux , la foudre et les orages.

Homme vertueux , fuis l'air empesté des cours ;
Viens au milieu des champs, viens couler d'heureux jours.
Sur les bords embaumés de la Trente * paisible,
Viens allumer les feux de ton âme sensible ;

* Rivière qui prend sa source au comté de Strafford, et se rend
dans la baye de l'Humber , autre rivière.

Choisis un antre frais par l'ombrage abrité,
Un asile élégant dans sa simplicité.
Dirige tes ruisseaux, émonde le bocage;
De l'arbuste incliné relève le feuillage;
Dessine ton parterre, enrichis-le de fleurs;
Respire ses parfums, contemple ses couleurs;
Ton potager fournit au repas qui s'apprête;
La nature elle-même est ta douce conquête.
L'oiseau fait résonner le buisson enchanté;
Sur son aile, Zéphyr disperse la santé,
Et par des nœuds de fleurs, les Heures enchaînées,
De plaisirs sans remords filent tes destinées.

Celui qui veut ici vivre auprès du méchant,
Doit, avant de sortir, faire son testament.
Voyez ces spadassins, dans l'ombre et le silence,
Méditer froidement la vénale vengeance,
Souffrir la faim, la soif, sur la terre couchés,
Attendre leur victime, et de ses jours tranchés,
Souriant de fureur, compter l'affreux salaire,
A d'autres scélérats offrir leur ministère,
Lentement aiguiser leur fer étincelant.
Ce débauché plus loin, encor tout chancelant,
Insolemment vous heurte, échauffe une querelle,
Et pour toute raison vous brûle la cervelle.

De ces monstres, en vain, évitant les fureurs,
Tu comptes du sommeil savourer les douceurs.

L'œil en feu, haletant, las d'errer dans la ville,
L'assassin de minuit envahit ton asile ;
D'une faible barrière il brise le ressort,
Se glisse en ton réduit. Sans défense, tout dort ;
Lui veille pour le crime. A cette heure sacrée,
A l'amour, au mystère, au repos consacrée,
Il saisit le moment, accomplit son dessein,
Et te laisse, en fuyant, un poignard dans le sein.

Pour Tyburn *, chaque jour, tant le crime a d'empire,
Le chanvre de nos champs pourra-t-il donc suffire ?

O règne heureux d'Alfred ! ô nouvel âge d'or !
Règne d'amour, de paix, te verrons-nous encor ?
Alors, sage Thémis, sous les beaux traits d'Astrée,
Tu nous faisais bénir la balance sacrée,
Que ta main nous tendait de la voûte des cieux.
O jours ! jours fortunés ! gloire de nos aïeux,
Une seule prison, dans ces temps équitables,
De l'heureuse Albion contenait les coupables.
Le dédale des lois n'était point embrouillé,
Et de sang l'échafaud n'était jamais souillé.

Je n'ai pas dit encor ; mais bientôt la marée,
Va m'éloigner enfin d'une ville abhorrée.

* Place des exécutions à Londres.

Dieux! j'aperçois ma barque ; adieu, Londres, je pars,
Et je fuis à jamais tes odieux remparts.
Si tel que moi, lassé d'une vie inquiète,
O mon unique ami, tu viens dans ma retraite;
Si, perdant et jeunesse, et fortune, et santé,
Tu voulais préserver au moins ta liberté,
Amis de la vertu, dans le même hermitage,
Fiers ennemis du vice, unissons notre rage;
Du fouet de la Satire armons alors nos mains,
Harcelons sans pitié les coupables humains.

FIN.

De l'Imprimerie d'A. ÉGRON, rue des Noyers,
N°. 49.

14